ÉPITRE

AUX FRANÇAIS,

SUR L'AVENEMENT

DE

NAPOLÉON Ier

A L'EMPIRE.

PAR MONNIN.

A PARIS,

Chez BAUDIN, libraire, rue Verdelet,
N°. 21.

AN XII. (1804)

ÉPITRE

AUX FRANÇAIS, SUR L'AVENEMENT

DE

NAPOLÉON Iᵉʳ A L'EMPIRE.

PAR MONNIN.

———— • ————

Vous avez vu ces tems d'horreur,
Où l'infatigable anarchie,
Sur le sol de notre Patrie,
Régnoit par la pâle terreur.
Ce monstre affreux au regard sombre,
Aux cent bras, au perfide abord,
Parmi nous promenoit dans l'ombre,
Au hasard la faux de la mort.
  Grace, beauté, tendre jeunesse,
Talens, vertus, simple candeur,
Age mûr et foible vieillesse,
Rien n'échappoit à sa fureur.
Le tendre fils avec son père,
L'épouse auprès de son époux,
La fille à côté de sa mère,
Ensemble expiroient sous ses coups.
  Ainsi, quand d'un épais nuage,

'Apporté par les aquilons,
La grêle tombant avec rage
Porte l'effroi dans nos vallons.
La tendre fleur qui vient d'éclore,
Le fruit qui commence à mûrir,
Celui que dans un jour encore
Le laboureur alloit cueillir,
Tombent ensemble sur la terre,
Meurent sur le sein d'une mère
Qui devoit, hélas ! les nourrir.

Oh ! Français, dans ces jours d'alarmes,
J'ai vu vos temples profanés;
J'ai vu, poursuivis par vos armes,
Leurs ministres fuir consternés,
Et les autels de sang baignés.
J'ai vu ces palais magnifiques,
Elevés jadis à grands frais,
Convertis en prisons publiques,
Antres horribles de forfaits.

Mais sur ces scènes de carnage,
Jetons, jetons un voile épais,
Un héros a chassé l'orage,
Rendons grace à ses bienfaits. . . . .

A peine au printems de sa vie,
Ce héros chef de nos guerriers,
Fit dans les champs de Lombardie
Une ample moisson de lauriers.
Oh ! champs fameux de l'Italie !
Champs illustres par les travaux
Des Consuls de l'antique Rome,
Vous retrouviez en ce jeune homme
Les vertus de tous ces héros.
Son nom, dès lors couvert de gloire,
Son nom si cher à nos soldats,

Sembloit promettre la victoire,
Quand il présidoit aux combats,
  Devant lui d'énormes montagnes,
Elevant leurs fronts jusqu'aux cieux,
Vomissent de leurs flancs affreux
Mille torrents impétueux,
  Qui vont inonder les campagnes.
Des forts hérissés de canons,
Par l'art élevés dans la plaine,
Menacent d'une mort certaine
Tous ses valeureux compagnons.
Vain obstacle, foible barrière !
Le héros poursuit sa carrière.
Sur le sommet des monts franchis,
Et sur les murs des forts soumis,
Il arbore notre bannière
Sous les yeux de nos ennemis.
Son nom de leurs bandes craintives
Disperse les débris honteux,
Et le Pô cède ses deux rives
A nos guerriers victorieux.
  Après tant d'exploits et de gloire,
Le fils chéri de la victoire
Voulut, à son sanglant laurier,
De la paix unir l'olivier.
  A sa voix le carnage cesse,
Le calme nait et sa sagesse
Pèse le sort des nations.
En vain de folles passions,
Veulent entretenir la guerre,
Soumis au vainqueur de la terre,
Mars arête ses bataillons.
  Un prince de la Germanie,
Charles, à mon héros s'allie,

Et sur la paix de leur patrie,
Tous deux vont fonder le bonheur;
Charles, honteux de sa défaite,
Croit mieux réparer son honneur
Que par la plus noble conquête,
S'il partage avec son vainqueur
Le nom de PACIFICATEUR.

Mais pour des régions lointaines,
Célébres dans l'antiquité
Dont le Nil, arrosant les plaines,
Assure la fécondité;
Au conquérant de l'Italie,
L'honneur, la gloire et la patrie;
Ordonnent bientôt de partir.
Oh Ciel! conserve-nous, un père
Dérobe une tête si chère
Aux dangers qu'elle va courir.

Il part, ses vaisseaux fendent l'onde,
Nos vœux le suivent sur les mers:
Mais une sagesse profonde
Préside à ses desseins divers,
Et sa gloire et sa renommée
Qui volent devant son armée,
Amènent par-tout à ses pieds
Les insulaires effrayés;
En tous lieux un nouvel hommage
L'attend et marque son passage.

Bientôt ses vaisseaux glorieux
Abordent; on le voit descendre
Au milieu de ces murs fameux,
Jadis fondés par ALEXANDRE:
Bientôt les escadrons poudreux
De ces esclaves orgueilleux
Qui désolent l'antique Egypte,

'A son aspect prennent la fuite ;
L'arabe fier de ses coursiers,
Peuple sans lois et sans patrie ;
Les noirs enfans de l'Ethiopie
N'osent attendre ses guerriers.

Sur le Nil , tandis que sa gloire
De Trismégiste , d'Osiris ,
De Manès et de Sésostris ,
Efface l'antique mémoire ;
Tout à coup quels horribles cris
Partis du sein de sa patrie ,
Viennent surprendre ses esprits !
C'étoit la guerre et l'anarchie
Qui sur la France de nouveau
Secouoient leur affreux flambeau.

Il part à ces cris effroyables,
Sur nos bords , les vents favorables
Le ramènent heureusement :
Jour sacré , fortuné moment !
La sagesse vient à sa suite
Nous soumettre à ses douces lois ;
L'affreuse Discorde s'agite
Chez nous pour la dernière fois.

De leur éclat trop orgueilleux
Si nous voyons dans la nuit sombre ,
Les astres qui brillent dans l'ombre
Se disputer l'empire entre-eux :
Lorsque Phœbus sur l'hémisphère
Rapportant sa vive lumière
Etend son manteau radieux ,
Tous s'éclipsent en sa présence ;
Et marchant fier de sa puissance ,
Il règne seul au haut des Cieux.
Ainsi , quel homme en son délire

Oserait disputer l'Empire
A ce guerrier, à ce vainqueur;
A ce brillant triomphateur.
   Consul, sa main victorieuse
Prenant les rênes de l'Etat,
Du triste abîme avec éclat
Tire la France glorieuse.
En vain l'indomptable Germain
Relève encore sa tête altière,
Et le feu, le fer à la main
Vient menacer notre frontière;
Tous nos droits seront respectés.
Tremblez, ennemis de la France
BONAPARTE par sa présence
Va faire observer les traités;
Contre vous ce héros s'avance.
   Voyez ses bataillons épais
Pleins d'ardeur, fiers du nom français;
Ces guerriers des bras de leurs mères
Se sont arrachés à sa voix;
Leurs mains pour la première fois
Portent des armes meurtrières;
De BONAPARTE la valeur,
Et le génie et la prudence,
Et le nom sacré de l'honneur
Leur tiendront lieu d'expérience.
Fiers de leur Consul glorieux,
Ces guerriers que sa voix anime,
Déja d'un pas audacieux
Du Gotardont atteint la cîme.
   Comme on voit, du plus haut des Cieux,
L'aigle, qui dans son vol rapide
Apperçoit d'un regard avide,
A ses pieds un troupeau nombreux,

Etendre ses ailes de joie,
Les resser, et sur sa proie
Tomber plus prompt que les éclairs,
Et l'emporter au haut des airs ;
Ainsi dans leur marche soudaine,
Sans pousser d'inutiles cris
Nos guerriers fondant dans la plaine,
Chargent vos bataillons surpris.
Quelle audace, quelle entreprise
Disiez-vous dans votre surprise,
Ces guerriers tombent-ils du Ciel ?
Et pour punir notre arrogance
Est-ce la main de l'Eternel
Qui combat ici pour la France.
    Français, votre noble valeur
S'indigne qu'une prompte fuite
Ne laisse à votre vive ardeur
Que les peines de la poursuite.
Oh ! jeune héros, disiez-vous,
Pour nous enfantes des prodiges,
Mais faut-il que par les préstiges
L'ennemi fuyant devant nous,
Rende vaine notre vaillance,
Et que les soldats de la France
Ne triomphent, que par les coups.
Rasurez-vous, jeunesse altière,
Dans les plaines de Marengo,
Le Ciel à votre ardeur guerrière
Prépare un triomphe plus beau.
    La jeune Aurore au teint vermeil,
Bientôt de leur vaste carrière
Alloit entr'ouvrir la barrière
Aux brillans chevaux du soleil.
Les ruisseaux par un doux murmure

Troubloient seuls le profond sommeil
Et le repos de la nature ;
La sentinelle vigilante
A l'œil inquiet, aux pas lents ;
Seule de sa marche pesante
Faisoit retentir les deux camps.
  Tout à coup quel fracas horrible
Ebranle la voûte des Cieux,
De fumée une nuage horrible
Dérobe la lumière aux yeux ;
Ciel, je vois des flancs de la terre ,
Partir l'éclair et le tonnere ;
De nouveaux Titans en ces lieux ,
Aux dieux déclarent-ils la guerre ?
C'est vous Germains et fiers Français ,
Qui , sortant d'un sommeil paisible ,
Entre vous d'un combat terrible ,
Disputez le sanglant succés.
Quelles clameurs et quelle rage ,
Quelle fureur et quel carnage ?
Combien de héros renversés !
Quel amas de morts entassés !
Dans les plaines de l'Italie ,
Ou sur le rivage Africain !
Le Carthaginois , le Romain ,
N'ont jamais fait dans leur furie
Couler autant de sang humain.
Vingt fois d'un aveugle courage
On vit les Germains animés ;
Porter la mort et le carnage
Dans nos bataillons entamés ;
Mais au plus sublime génie
Contre la valeur réunie,
Que peut la rage , ou la fureur ?

Le fer au tranchant destructeur,
Le plomb, le boulet, la mitraille,
En vain sur le champ de bataille,
Renversent nos soldats vaillans
D'autres guerriers frais, pleins d'audace
Se présentent, prennent leur place,
Vengent leurs frères expirans.
   Pleurez, oh ! filles de mémoire,
Desaix decidoit la victoire
Et la fixoit sous nos drapeaux,
Lorsqu'une balle meurtrière
Vint dans sa brillante carrière
Arrêter ce jeune héros :
Il succombe. En perdant la vie
Son grand cœur n'a qu'un seul regret ;
Il croit n'avoir pas assez fait
Pour la gloire et pour la patrie.
   Les cent voix de la renommée,
De Desaix annonce le sort,
Au chef vaillant de notre armée :
Soldats, dit-il, vengeons sa mort ;
Ce n'est point par de vaines larmes
Que l'on venge un héros français,
Ce ne sont point de vains regrets,
C'est du sang versé par vos armes,
Des efforts suivis du succés
Que vous devez à sa mémoire.
Amis, volons à la victoire,
Et nous la pleurerons après.
Il dit, l'ardeur de la vengeance,
Des nôtres embrâsant les cœurs,
Double leur force et leur vaillance ;
Ils chargent, frappent, sont vainqueurs.
Que d'exploits dans cette journée,

D'éfforts et de nobles travaux
Aux yeux de l'Europe étonnée
Signalèrent tous nos héros !
Le sang précieux des rivaux,
Des Mainonis et des Champaud,
Des Muller rougit la poussière.
Emulle d'un illustre père,
Kellermann, jeune et fier guerrier,
C'est toi qu'on vit dans la carrière
Courir et fondre le premier ;
Chef de la garde Consulaire,
Launes seconde ton effort,
Marmon, lançant notre tonnère
Portant au loin l'affreuse mort
De cadavres jonche la terre.
Oh ! toi, jeune et bouillant Murat,
Digne ami de ton chef suprême,
Honneur et gloire de l'État,
Tu cours plein d'une ardeur extrême,
Quel obstacle t'arrêtera ?
Le germain cède et prend la fuite
Et tu ne suspend ta poursuite
Qu'aux rives de la Bormida.
Tandis qu'au fort de la tempête
Encourageant nos fiers guerriers,
BONAPARTE expose sa tête,
Et cueille de nouveaux lauriers.
Les cris de la France alarmée
Des dangers que court ce vainqueur
Redemandent à notre armée
Un Consul, un législateur ;
Il revient, oh ! jour mémorable
Il revient suivi de la paix,
Et son génie infatigable

Prépare des lois aux Français.
Tout renaît par son influence,
Par lui les arts encouragés,
Accourent d'Italie en France
De Chef-d'œuvres accompagnés :
Par lui tout s'unit, tout s'allie;
La Discorde fuit aux enfers
Sous sa loi vingt peuples divers
Ne forment plus qu'une patrie.
Bientôt sous ce nouveau Cyrus
Que l'univers entier contemple,
Jérusalem de ton saint temple
Relève les murs abattus,
Et la piété bienfaisante
Aux yeux enchantés d'Israël,
Vient replacer sur son autel,
La religion consolante.
Cette tendre fille du Ciel,
Des peuples fait cesser les peines
Et sa sainte voix de nos liaines
En nos cœurs adoucit le fiel.
Elle n'est plus intollérante,
Voulant tout soumettre à ses lois;
Mais douce, humble, consiliante
Telle qu'on la vit autre fois
Aux temps heureux de son enfance,
Lors que bornant son influence
A toucher le cœur des mortels
Des doux attrais de l'indulgence,
Elle décoroit ses autels
Restes obscurs et dangereux
De deux factions odieuses,
Trois fois vos trames ténébreuses
Ont de notre chef glorieux

Menacé les jours précieux ;
Mais le Ciel, à nos vœux propice
Implacable dans sa justice,
Trois fois en détournant vos coups
Les a fait retomber sur vous.
Si dans la paix, si dans la guerre,
Il effaça tous ses rivaux,
Quel titre auguste sur la terre
Peut récompenser ce héros.
Français, votre reconnoissance
Ne peut offrir à son grand cœur,
Que l'éclat brillant, la puissance,
Attachés au nom d'Empereur ;
Mais que peut ce titre à sa gloire?
Son nom n'est-il pas assez beau?
A-t-il pour briller dans l'histoire
Besoin de cet éclat nouveau?
S'il accepte, sa modestie
Ne voit que la félicité
Et la gloire de sa patrie,
Dont son nom, son puissant génie;
Passant à sa postérité
Assurent la prospérité.

FIN

De l'imprimerie de CHEVRE fils, rue Neuve-
St-Etienne, n°. 152, près le boulevard poissonnière.